팽나무 손가락

2021 젊은시조문학회 작품집

통권 제7호

팽나무
손가락

젊은시조문학회

강
영
미

ㅇ

[시조문학], [서정과 현실] 신인상
mkwmom@hanmail.net

송악산 쑥부쟁이

간신히 굳은 딱지를 뗄까 말까 망설였어

여섯 살 변덕처럼 바람눈이 바뀌던 날

바닷가 절벽 위에서 물든 하늘을 보았지

해피엔딩 노을을 꿈꾼 건 아니었어

일렁이던 불씨를 재에 잠시 묻어두고

풀죽어 지낸 하루가 층층이로 쌓이던 걸

마침표 자리마다 불빛 새로 돋아나네

마스크 살짝 벗고 심호흡을 한번 해 봐

보랏빛 입술자국이 압화처럼 찍혔어

거미의 잠

밤새 지은 거미집 한 채
창살들이 뜯겼어

마주 이은 시간들이 늘어져
흔들리고
이슬을 털던 발끝이
오그라들다
멈췄지

간신히 버티다가
내가 먼저 놓을까봐
가고 오지 않을 너 기다리진 않겠어
누렇게 바랜 기억 속
그림들을 계워댔지

빛살의 끝을 잡고 길 하나를 내었어

들쭉날쭉 기워가는

엉성한 실밥들

온종일 종종거리던

호랑 거미 잠들고

강영미

나를 떨구다

습작기 귤 묘목들
봄이 되니 간지럽다

투두둑
쌀튀밥 같은 꽃봉오리 달고서
자음에 모음을 받치며
옹알이를 해댄다

빨간 립스틱을 얼굴 가득 발랐었지
빼딱구두 신으면 금방 클 줄 알았었지
어머니 부지깽이가 골목길을 쫓았었지

정오의 흙바닥에
서툰 봄을 쓰고 있네

헛발질에 동동거리다
헛꽃으로 피운 봄

나를

툭,

떨구고서야

글이 되는 법을 아네

강영미

꽃을 등지고

바닷가 절벽에 들찔레가 누운 날
바람은 절벽을 타고
나에게만 불었어

가끔은
버티지 말고 등지고서 걸어도 돼

밤새 몇 번 고쳐 쓴 층층 단애 이야기
허공에 끓던 일쯤 단번에 날아가네

유선형
체기에 걸려 파리해진 낮달도

꽃봉오리 하나 없이
이 봄 다
건너더라도
철 든 이름 몇 자

바위틈에 심어 놓고

목청을 풀던 파도가
밀려가고
또 오네

강영미

선명한 동선

아홉 살 스케치북엔
별이 가득 돋았어

웅덩이 깊숙한 곳 구름들이 흘러도
노란색 크레파스가
제일 먼저 닳았지

지워지지 않는 것을
애쓴 적도 있었어

검지에 침 바르고 한 세상을 밀어내면
참 고운 햇살들마저
벗겨진 채 아렸지

지우면 지울수록 동선은 더 선명했어
뻥 뚫린 종이 틈에
눈을 대고 웃었지

별빛이 튀어 오르며

종일

눈이 환했어

　　　　　　　　　　　　　　　강영미

고
혜
영

。

접시꽃 3
천년 나무
반달
제주 수선화
하현에

2016 [한라일보] 신춘문예로 등단
시집:《하나씩 지워져 간다》,《미역 짐 지고 오신 바다》
사진 단행본(공저):《제주시 중산간 마을》,《서귀포시 중산간 마을》
《미역짐 지고 오신 바다》 2021년 1분기 문학나눔 선정

접시꽃 3

설거지가 고운 님 울담 옆에 오셨네요
선입선출 보법으로 뿌린 대로 거두시는
접시꽃 깔끔한 당신이 오월 빛에 곱네요

일이삼사 펼쳤다 사삼이일로 접으시는
설거지가 저런 거야 울 엄마 인생 바느질
구순의 실타래들이 발등으로 내려요

천년 나무

오래된 나무는 결코 고개 쳐들지 않아

우산 꼴 가지 가지 제 존심存心 지키면서

돌인냥

몸인냥 하며

사람처럼 살더라

고혜영

반달

인생의 노래에도 높낮이가 있는 것을

바람 소리 파도 소리 다 잠재운 새벽달이

우리 집 처마를 떠나 산 쪽으로

가
　는
　　구
　　　나

제주 수선화

토종 수선화는 지는 것도 참 고와라

혈색 빠진 얼굴에도 자태만은 그대로인

화병 속 고고한 모습이 사람 속내 닮았네

고혜영

하현에

천자문 한 글자에
체험 하나 달아놓고

바람 가듯
　해 가듯
　　달 가듯이 그린 시어

하현달 비대칭 얼굴에
보조개가 피었네

김
미
애

。

내 고향 추자바다
어머니와 아들
탈출기

2020 제주시조 백일장 일반부 장원

ogol1428@hanmail.net

내 고향 추자바다

슬픔에 슬픔을 더하며 바다에 비가 온다
비릿한 추억을 싣고 귀가하는 어스름 녘
잔물결 숨죽여가며 하늘 끝을 내리고

섬 속에 가두었던 또 한 섬이 젖어간다
장손의 어깨 위에 무겁게 내리던 비
그 비가 되어야 했던 아버지의 추자바다

일곱물이 들어서야 내 바다를 찾아왔네
배꼽 다 내놓은 석지머리* 올마당
못다 한 수다를 넌다 물빛 같은 짱돌들과

* 추자도 지명.

어머니와 아들

칠순 노모같이 바짝 마른 참깨단
잔뜩 문 낮별들을
파시시 파시시 뱉네요
거꾸로 탈탈 털려도 입을 활짝 벌리고

돌아오는 길가엔 닭의장풀 같은 바다
앞서 걷는 아들과
뒤따른 노모 뒤로
잘 익은 저녁노을을 끌어당기고 있네요

김미애

탈출기

사나흘 먹을 양식 끼니대로 쟁여놓고
결혼 이십 년 만에 혼자 떠난 삼박 사일
나바론* 절벽에 서서
발
이
멈춰 있었다.

* 추자도에 있는 절벽 이름.

김
미
영

。

2019 제주시조 지상 백일장 장원

namwon7th@daum.net

화목, 쏘아 올리다

어쩌랴, 두 달째 이어지는 장마로
물 먹은 삼나무 찾지 못한 발화점
우리 집 화목보일러 하늘 위로 오른다

어쩌랴, 몇 년째 이어지는 신세한탄
술 취한 삶나무 기댈 곳 찾지 못하고
우리집 "화목" 가훈이 삐딱하게 걷는다

겨우내 따스해질 땔감은 가득한데
온기는 머물지 않아 허허로운 지붕 밑
달그락, 1인 5역의 화목 쏘아 올리다

선물이 짜다

갯가에 살다보면
사람도 바위가 되나

썰물 녘 바위틈에
따개비처럼 엉겨서

통증을 따는 어머니
그 선물이 짜디짜다

김미영

홀로그램

혼자 스텝을 밟는 날들이 많아졌다

비로드 원피스를 입은 여인과 손을 잡고 줄무늬 양복과
엉덩이를 튕기며 꼭 당신을 닮은 장손 팔짱을 끼고 사춘기
손녀를 불러 강강술래를 뛴다.

아버지 십여 평 방에 사진들만 모여서

김
미
향

。

가을의 빛
사는 맛
'고산'을 찍다
배불러

2010년 [연인] 등단
2018년 [시조문학] 작가상 수상
2017년 시조집《냉이하고 놀았다》
mihyang@hanmail.net

가을의 빛

또각또각 가위소리
귤 한 알 시름 한 알

늘 푸른 생각조차
물이 드는 시월 하늘

설움도 금빛이 되는
가을 노을 참, 곱다

사는 맛

나도 염치가 있주
매번 얻어 먹으민 되어?

화장실로 쫓아와서
내 손에 전해주는

꼬깃한 지폐 몇 장을
어거지로 받았네요

낼 모레 일백 살을 눈앞에 둔 우리 엄마
막국수도 같이 먹어 맛이 너무 좋다시네

볼우물 오물거리며
이게 사는 맛이주

46   김미향

'고산'을 찍다

예쁜 사람 눈에는 예쁜 것만 보이나
바람 없는 곳으로 소로의 길을 내어
사진 속 소소한 풍경 반쯤 가려 곱더라

한 발은 뒤로 빼고 한쪽 눈 질끈 감다
보고 싶고 듣고 싶은 발림에 누른 셔터
자구내 고산 포구가 춘곤증에 빠질 때

리모델링 돌집으로 까치네 들어온다
어슬렁 차귀도가 마당을 치우는 사이
바람도 잠시 머물러 오징어를 굽더라

김미향   **47**

배불러

때는, 러시아워 꽉 막힌 제주 평화로
상행선 편도차선이 옴짝달싹 못한다
일곱 시 약속 시간은 이십 분이 지났고

애앵애앵 앰블런스 갈 길이 구만리다
붉은 등 깜박이며 타전되는 SOS
한복판 아스팔트에 모세가 길을 낸다

파라오의 진격에 일분일초를 다투던
심장마비 환자는 생명을 구했다며
연거푸 채널 돌려도 기적이라 방송할 때

제 목숨 바닥에 눕히며 미소를 보내던
그 많은 들꽃들이 자꾸자꾸 생각 나
생갈비 구이도 잊은 채 빈 수저만 들었다

김미향

김
선
화

。

폭낭의 아이들
그림자
착각은 자유

2016년 [시와 소금] 하반기 신인상 수상
2019년 시집 《사람이 흐르다》
dolfish1973@hanmail.net

폭낭의 아이들

그날도 비가 왔어, 울음소리 덮였지

아무도 몰랐나 봐 엄마 품 그 아이를

여기요 사람 있어요, 바람소리에 묻혔다

이름을 불러 줄게 살아서 불렸을 이름

땡그렁 풍경소리 남겨진 기억잔상

팽나무 끌어안으며 어미 되어 울었다

그림자

마음이 어두운 날 선명하게 들어온다

빛과 어둠 함께여야 보이는 너란 존재

날 닮은 그림자 하나 구김살이 펴졌다

무표정 텅 빈 얼굴 길 위를 흘러간다

펼쳤다 오므렸다 너와 나 한몸이다

동백꽃 마음보자기 주인 만나 붉었다

김선화

착각은 자유

1973년 구월에 세상 떠난 파블로 네루다
같은 해 시월 달에 그녀가 태어났다
같은 해 오게 된 이유 고민 끝에 찾은 날

시집을 읽을수록 생겨나는 자신감
길 위를 흐르다가 만나는 모든 것들,
내게만 들리는 소리 가만가만 적는다

김순국

○

10월의 무심천변
민들레의 꿈
뚱딴지 꽃
수크령, 가을 들판에
개망초

미국 코네티컷주 주립대학 간호학과 수료
2009년 제주시조 지상백일장 장원
2018년 시집《반대편에서 반짝이는》
2019년 시집《뒤뜰에 마디를 세운》
soonguk1740@hanmail.net

10월의 무심천변

무심한 듯하면서 품을 것은 다 품은 강
반 지하 여백에다 갈대꽃을 피우는
왜가리 빌딩숲 열어 제 쉼팡에 앉았네

걷는 사람 뛰는 사람 자전거를 타는 사람
물가에 모든 것들이 물구나무 서는 시각
무채색 꽃송이들이 낮은 곳을 밝히네

묵묵하게 사는 것이 행복이라 하는 강
나직한 목소리가 물결 위에 일렁이고
노을에 물든 강변이 시 한 편을 주시네

김순국

민들레의 꿈

1자 줄기 마른 꽃대궁 하얀 털실 뽑는다
한 점 털실 거미손들 손에 손 맞잡은 집
투명 집 감싼 식구들 하얀 궁전 눈부시다

원으로 껴안아서 며칠 밤 지낸 식구
둥글게 빛나던 시간 영글어진 깃털들이
손 놓고 자리를 뜨며 하얀 꿈에 날아간다

김순국

뚱딴지 꽃

애들과 얼혀살아도 붙임성이 좋아라
무심천변 억새밭 사이에서 만난 그녀
발 뿌리 거센 억새들 깃발 사이 서 있네

어디에서 왔냐 하니 피식 웃고 마는 그녀
못생겨도 효자라며 새끼들에 젖 물리고
입 활짝 벌려 웃으며 엔돌핀을 뿜는다

인연 따라 청주살이 5년 만에 처음인데
제 갈 길 갈 거라며 자식 걱정 말라며
잘 마른 꽃송이 하나 내 발 위에 떨군다

수크령, 가을 들판에

굽실대지 않으리 왕이 된 왕 강아지풀
반역의 카리스마 야생들판 깃발 세운
함부로 건들지 마라, 혈색조차 검붉다

야생의 피 저항의 피 씨를 바꾼 수크령
크렁크렁 제 짝 찾아 검은 털을 세우던
곡선미 은발여인엔 발꿈치에 서있네

역광에 어깨 맞대 금물결을 이룰 때
단풍 같은 중년 사내 그 가슴도 애가 타네
다 시든 가을 들판에 그가 혼자 서 있네

김순국

개망초

시한부 생이어도 활짝 웃는 내 이웃들
청주시 개발지구 임시거처에 뿌리내린
무심코 발 닿는 곳이 만리장성이구나

식구들이 많아져도 밥걱정을 않나 봐
흙더미 잡아주는 산지기 자처하며
저들도 시곗바늘을 하늘에다 맞춘다

기꺼이 이 꽃 저 꽃 들러리로 서 주면서
더불어 살고 싶은 달빛 어린 소망 하나
달 아래 집시의 합창 밤늦도록 들린다

김
연
미

。

시집《바다 쪽으로 피는 꽃》,《오래된 것들은 골목이 되어갔다》
산문집《비 오는 날의 오후》
33383331@hanmail.net

골목책방

당신은
잠에서 깬 아이처럼 작아져요

밑줄 친 어느 날이 골목을 돌아가면
맨 끝에 진열된 여름
아삭아삭 읽어요

부재중인 사랑보다 달콤한 게 있을까요
받침 없는 의자가 반짝이는 간판
내가 쓴
눈물에 앉아 당신을 기다리죠.

바람의 활자들이 편지처럼 자라는
책방

초록빛 그늘자락 꽂혀진 정오쯤에
오래전 당신이 썼던 나를 두고
갈까 봐요

김연미   **65**

노을 3

술병에 담겨 있던 욕설들이 쏟아졌다
원색의 언어들이 바다 위에 둥둥 뜨고

나약한 무릎을 꿇고
바위들은 굳어갔다

완전범죄를 꿈꾸었지
사이코패스 가슴처럼

혀 풀린 영혼들이 자꾸 자극하는 살의
화해의 손짓도 없이 한 우주가 무너지고

덜 마른 눈물들이 별이 되는
이 저녁

경계선 한쪽 끝에서 텅 빈 줄을 놓고 싶다
예까지 걸어왔으니

그만하면
되었다…

외로운 개츠비*처럼

가파도 등대 불빛 그녀의 눈빛 같다

이중 화산 벼랑에서 바다 쪽으로 매달린

오래된 소나무 가지 실루엣만 남을 때

사계의 불빛들이 파티를 준비한 밤

송악산 둘레길로 시월처럼 오는 남자

섬의 끝 손을 내밀어 그리움을 만진다

단 하나의 사랑은 이생의 모든 목적

수만 년 된 어둠을 역광으로 드리우다

오늘쯤 불을 밝히고 나를 드러내고 싶다

김연미

* 스콧 피츠제럴드의 《위대한 개츠비》에서 차용.

연북로 상사화

너에게로 가는 길은
육차선 무단횡단

일방통행 같은 사랑 그 반쯤을 건너와
참았던
숨을 뱉는다
그가 보이지 않는다

내가 너무 빨리 왔나
잡초처럼 돋는 불안

건너야 할 남은 반이 주춤주춤 겁이 난다
이대로
돌아서버릴까
차들은 끊이질 않고

사랑에 목숨 걸 만큼 단순하진 않았는데

김연미

돌아갈 길이 없다

점이 된 화단 속

저 비난

경적 소리에 붉어지는 상사화

안나*에게

하얀 연기 속에서 초신성을 만났죠
암흑보다 더 큰 빛
눈을 멀게 했어요
산산이 조각나버린 슬픈 운명의 내 궤도

당신의 범위 안에서 공전하고 싶어요
돌연변이 불륜도 유전이 되나요
사랑을 복제해줘요
꽃이 피게 해줘요

우주의 호흡으로 나를 수렴해줘요
평행선 철로 위에 검게 깔린 복선처럼
당신의 블랙홀까지 따라가고 싶어요

* 톨스토이 소설《안나 카레니나》의 여주인공.

김은희

o

2011년 [샘터시조] 장원
etwas9845@hanmail.net

오월의 영농일지
- 해거리 나의 귤 밭

꽃 필 가지에도 기다리던 꽃이 없네
이 년 치 다 쏟아내고 아무 일 없는 것처럼
멋쩍은 새순만 키워 "내년 봐요~" 그런다

이십 년 함께 살아도 해거리를 못 막다니
텃새들 비웃음을 어깨너머 들으며
세상 탓 하늘 탓 하며 또 한 해를 넘긴다

비파나무

한겨울 솜털 속에
몽글몽글 꿈을 키우던

비파나무 가지 사이
쉬엄쉬엄 내미는 열매

웃음꽃 노란 송이가
내 아이들 닮았다

　　　　　　　김은희

생강 싹

봄이 훌쩍 지나가도 생강 싹은 소식 없다
호미질 한 뼘 간격 꼭꼭 심은 이랑 사이
한여름 다가와서야 초록 손을 보인다.

삭이고 또 삭여야 시옷 하나 내미는 걸
내일은 비가 온다 설레는 예보를 듣고
흙 묻은 영농일지에 시詩의 씨를 뿌렸다

김
정
숙

。

2009년 [매일신문] 신춘문예(시조) 당선
시집《나도바람꽃》,《나뭇잎 비문》
kimjs1018@hanmail.net

꽃무릇

당신이 반려한
고백 때문입니다

폭우 속 절절 끓인
저 대책 없는 문장은

무릇, 또
수취인불명
한참이나 붉겠죠

사려니 숲길

살아있음의
증거는
흔들리는 게
전부다

잔설 겨우 녹은
나무와 나무 사이로

당신이
당신을 품은
겨울이 또
지났다

김정숙

그이가 흔들렸다

뭔가 감춘다는 건 멀어지는 징조다
끼니 끼니마다 말을 우물거리는
내 몸에 뿌리를 박아
내 몸 같은
아닌 이

성질 죽여 가면서 금붙이 씌웠어도
물불 가리지 않고 맞장구 쳐 주더니
"풍치는 유전입니다"
그 이와 이별처방

분홍 계곡에 핀 환상의 첫 짝꿍이었지
터진 실핏줄 견디는 일만 남았더라도
서로가 서로를 의지한 한 포기 안개꽃처럼

이명

귀 열리려는가
서늘하게 닳은 소리

밤에 머리를 대고 바닥을 더듬을 때면

숱하게 흘려들은 말
한꺼번에 몰려와,

김정숙

교집합

끌림에 대한 대책은
사랑뿐이었다

아파도
돈 없어도
알아주지 않아도

그 눈 먼
콩깍지 쓰고
안아주는 거였다

김
조
희

。

귤꽃 학교

귤꽃도 글을 읽는 수산리 마을학교
봄 햇살에 터지는 꽃망울 소리들이
울타리 돌담 너머로 향기처럼 퍼지고

아름드리 가지마다 하나둘 매달려
하늘 향한 팽나무 손가락을 잡으면
가만히 허리 굽히며 제 등을 내 주고

층층이 쌓아올린 아이들 웃음소리
꽃이 핀 화석처럼 울타리를 지켰지
수산리 수산진성에 발자국 또 찍으며

김조희

수산진성*

열세 살 고사리 손 빌어서야 쌓았다지
진안 할망 손 잡아 당올레로 이끌면
오래된 소원 하나가 별이 되어 내릴까

활주로 북쪽 끝에 아슬하게 놓이면
오백 년 된 멀구슬이 빈 가지를 거둔다
귓가에 비행기 소리 잠 못 드는 수산진성

* 수산진성은 조선시대 세워진 방어유적으로 제주특별자치도 기념물 제62호로
지정되어 있으며, 성 자체가 마을학교 울타리로 사용되고 있다. 성산에 제2공
항이 들어서면 학교도 수산진성도 그 형태를 유지하기 힘들다.

김조희

장르는 스릴러

이 미터 간격마다 잔기침에 움찔한다
표정을 알 수 없는 귀에 걸린 하얀 입
투명창 레이저 광선 뒷덜미로 스민다

비대면 화상수업 지금 딱 좋은 거리
얼굴 없이 붙어 앉은 새까만 스크린

너 아직 거기 있는 거지?
…
숨소리만 들린다

내일은 있다

갱년기 뱃살이 스멀스멀 올라온다
심장은 과호흡 인바디도 고개 젓고
타이밍,
오후 일곱 시 이 고비를 넘겨야

삼시 세끼 정해진 틀 삼 일째 벗어 놓고
친구 앞에 내어 논 방울토마토 도시락
배 속의 꼬르륵거림
못 들은 척 외면한다

바디 프로필 사진 찍기
유행 아닌 유행이다
몸매와 지상주의 중재하고 나선 나

오늘만 입에 호강을!
내일은 내일대로

김조희

신
해
정

。

송악산 둘레길
히카마
계으니
마주 봄
이름을 읽다

2013년 그림책《파란구슬》출판
2017년 [정형시학] 신인상 수상
vudghkk@naver.com

송악산 둘레길

뼈에 박힌 얼굴 하나 절벽에서 마주한다
송악산 둘레길로 노을산책 하는 날
앞서간 엄마와 딸이 손 잡고서 걷는다

절울이 가슴앓이 가로줄로 쌓인 길
오르락 내리락 파상 흔적 위를 걷다
켜켜이 삼켰던 눈물 몰래 꺼내 놓는다

바다 속에 담아 둔 그 이름이 참 짜다
수평선 넘어서도 아직까지 붉은 아픔
너와 나 하늘 아래서 걸을 날이 있겠지

히카마

우리 남편 재활훈련 돌밭의 히카마 농사
장마와 가뭄 사이 좌절과 희망 사이
흰나비 예언을 하듯 굴곡점 찍으며 가고

휘파람새 소리에는 바람이 절반이다
꾹꾹 누른 발바닥도 바람 길이 가득한지
노을 녘 역광에 비친 뒷모습이 날린다

울퉁불퉁 살다 보니 제맛을 얻었네요
얼기설기 어지러운 머릿속 걷어내면
어느새 단단히 여문 히카마가 있었다

신해정

계으니

"ㄱ"이 흔들려요 "ㅏ"가 떨려요
"너"라고 쓰고나서 "나"라고 읽네요
아흔넷 첫걸음을 뗀 글씨들이 놀아요

글자 반 노래 반이 교실 안을 채우네요
흥얼흥얼 감수광이 손끝으로 나오네요
혜은이 계으니 되어도 복순씨가 웃네요

신해정   **97**

마주 봄

"널 꼭 닮은 자식 낳아서 키워라. 알았지!"
엄마처럼 살기 싫다며 집 나온 공터 벚나무
봄이면 벚꽃 피우며 엄마 모습 그대로

길 건너 공터에 벚꽃이 활짝 피어서
열 살 우리 아들 심보도 활짝 열려서
꽃부터 피고 보자는 그 봄날 나랑 똑 닮아서

신해정

이름을 읽다

학교 가는 친구 보면서 남몰래 울었지
남의 밭일만 하며 몇십 년을 살았어
소처럼 일하고 먹으면 사는 줄로 알았지

부모님 묫자리 표지석도 못 읽었어
팔십 넘어 배운 글로 부모님을 만났지
얼굴은 생각 안 나는데 신절혜 정연북이라

최
은
숙

o

[현대시조] 79회 신인상

sound4411@hanmail.net

태풍 부는 날

산더미 파도들이 방파제에 몸을 푼다
생각의 잡동사니 빗물에 섞이면서
남쪽을 향한 창문이 몸을 몹시 흔든다

아열대성 가로수가 아우성치는 이 밤
폐건물 구석지에 알몸으로 비를 맞던
다 비운 소주병들이 휘파람을 불었다

최은숙

구월의 소리

토요일 오전 아홉 시
햇살이 녹아든다

잠 설친 창가에 와
바가지를 긁는 소리

창가의 귀뚜라미가
더듬이를 세운다

최은숙

노을 앞에서

오래된 옥상에 올라 노을 앞에 서 있다
분홍색, 빨간색 층층을 이루는 하늘
최상의 빛깔 사이로 그 얼굴이 보인다

먼 듯 가까운 듯 그때 그 주파수로
십 년이 지나서도 손바닥에 남은 체온
노을 진 하늘 아래서 내 얼굴이 붉었다

상사화

꽃과
나 사이로
갈바람이 지나가네

이별
그 너비로
강물이 흘러가네

그대가
돌아선 자리
상사화가 피었다

최은숙

불근못

땅이 붉어서 '불근못'이라 했다지
열네 살 내 살던 곳 울퉁불퉁 마을 안
배고픈 바람소리가 이쯤 해서 그립다

돌 많고 바람 많아 사투리도 거친 동네
나는 떠나와도 들꽃들은 더 곱게 피어
찾아간 고향 올레에 사람처럼 반긴다

허
경
심

○

가지 끝 이슬방울
봄
숲터널을 지나며
'이-' 하고
소라게

2020 [좋은시조] 신인상 수상
hks8089@hanmail.net

가지 끝 이슬방울

가지 끝
이슬방울이
내가 찾던 시어 같다

우리 집 뒷 베란다 키가 큰 목련나무

겨우내
까치발 들어
손 내밀고 서 있다

봄

아파트 놀이터에
새순들이 아이들 같다

조팝나무 실가지에
줄을 지어 나서는 봄

바람도 그네를 탄다
하하호호 봄이다

허경심

숲터널을 지나며

이 길을 지나가면 바다 볼 수 있을까
서귀포 넘어가는 한라산 횡단도로
숲길이 깊어질수록 안개 더욱 짙어져

스무 살 나의 길도 안개처럼 자욱했다
삼월 초 고지대에 잔설처럼 남아서
오르막 눈앞에 두고 주저앉고 싶었지

알았다, 터널이란 오래가지 않는다고
백미러에 담긴 기억 반대편으로 흘러가고
익숙한 이정표 하나 나를 보고 웃는다

'이-' 하고

젖니를 뽑아 들고 지붕 위로 던졌더니
이슬에 몸을 씻고 초여름에 돋는 간니
'이-' 하고 둘째 녀석이 거울 앞에 웃는다

잎사귀 길을 내어 봄이 다가오는 소리
병아리 교실에서 병아리처럼 웃음 달던
연둣빛 햇살 조각을 입에 물고 있었다

허경심

소라게

그래서 아버지가 일찍 돌아가셨나
내 엄지발가락이 검지보다 짧아서
유년의 파도 소리는 안으로만 숨었다

혼자서 노는 하루 수평선이 길었다
썰물 녘 조약돌을 잡았다 놓았다가
엄지와 검지 사이로 어루만지던 시간

갯무꽃 흐드러진 서귀포 범섬 바다
둥글게 등 굴리고 물속을 드나들던
소라게 오늘도 다시 제 껍질을 벗는다

현
희
정

2018 계간 [좋은시조] 신인상 수상
milk234@hanmail.net

합평회를 마치고

초롱초롱 눈빛들이 밤하늘에 별빛 같던
까맣게 이름 석 자가 탁자 위에 놓이고
따가운 격려의 언어가 되레 내겐 정겨워

우물 안 개구리가 우물 안에 울던 버릇
슬픈 처방전을 고이 접어 돌아올 때
남조로 찔레꽃들이 길을 밝혀 비춘다

송엽국

반나절 햇볕에다 이슬이면 족한 것을
최소한의 숙식에 최대한의 웃음 띠는
진홍빛 너의 얼굴이 내 눈 속에 빛난다

한 평 반 베란다에서 이 꽃 저 꽃 어울리며
가장 낮은 키에 가장 활짝 웃던 친구
나 또한 친구 앞에서 그 미소를 보일 거

현희정

알 까기

남편과 아들이 메추리알 까고 있다
아들이 벗긴 알은 메추리가 쪼은 것처럼
살갗을 불룩거리며 아기 새가 나올라

남편이 벗긴 알은 남편의 마음씨 같다
짜증내도 웃어주는, 웃어줘서 더 얄미운
그래도 오늘 식탁은 알이 있어 좋았어

현희정

애월 바다 쑥부쟁이

비대면·강요 앞에 차라리 너를 본다
마스크 착용 않고 마주할 수 있는 그대
구월의 애월 바닷가 쑥부쟁이 만난 날

때 되면 여기저기 약속 없이 만나는 우리
두세 차례 태풍에도 웃음 잃지 않는 우리
자연산 웃음꽃들을 평년처럼 나눈다

현희정

백사장 백로 한 쌍

함덕 백사장에
북서계절풍이 분다

추울수록 김이 솟는
겨울바다 체온 밖으로

이제 막 백로 한 쌍이
하얀 깃을 펴는 날

추워도 환하게 웃는
후배님이 참 곱구나

후렴구로 밀려오는
오선지 겨울 파도가

신혼의 첫걸음 앞으로
흰 포말을 뿌린다

발

문

○

제주의 진경산수眞景山水를 꿈꾸며

제주의 진경산수眞景山水를 꿈꾸며

- 2021 젊은시조문학회 작품집을 만나다

정용국(시인)

인구 비례로 따진다면 시조 시인이 가장 많은 곳이 제주
도인 것으로 알고 있다. 그 이면에는 훌륭한 선배들이 부지
런하게 시조 밭을 가꾸고 격려와 질타의 끈을 놓지 않은 것
이 초석이 되었다고 생각한다. 현재 제주도는 교통의 발전
으로 관광이 활성화되고 특화 작물 재배에 성공하여 건실
한 열매를 맺으며 한반도의 보석으로 거듭나고 있다. 그러
나 돌이켜보면 오랜 세월을 역사의 소용돌이 속에서 부침
을 거듭하며 큰 상처와 옹이로 가득한 아픈 몸을 감추고 있
는 곳이 제주도이다. 아직도 곳곳에는 상처의 흔적이 여전
하고 주민의 가슴에도 제주의 검은 돌처럼 구멍 하나씩 힘
겹게 지고 사는 사람들이 많다.

그래서 제주의 시인들은 할 말이 많다. 그러나 쉽게 말하지 않는다. 상처가 글을 통해 밖으로 나왔을 때 그 깊이와 한은 변질되거나 식상해질 수 있기 때문이다. 다행히 젊은 시조 회원들의 작품들은 완곡婉曲한 모습으로 제주의 언어들을 잘 인지하고 넘어선 모습이 의젓하고 든든했다. 회원 작품집이라는 특성상 몇몇 시인들의 수작을 골라서 해설에 임한다는 것은 곤란한 상황이었고 또한 욕심이 앞서서 짧은 마감 기일과 필력을 무시하고 청탁을 받아들인 것도 무리였다. 원고를 받고서야 회원이 열다섯 명이나 된다는 걸 알았으니 아뿔싸! 그래서 택한 길은 단도직입單刀直入으로 각자의 작품이 필자의 칼과 맞서는 험난하고 먼길을 택하게 되었다. 작은 격려와 아린 지적을 달게 받아주길 청원하며 회원들이 그려낸 제주의 진경산수로 들어가 보자.

1. 입말의 살가움과 명징明澄한 시어들의 콜라보collaboration - 강영미

강영미의 시어는 감칠맛이 있고 살갑다. 여성 특유의 상냥하면서도 낭랑한 구어체 종결어미는 싱싱하고 솔직담백한 느낌을 주며 곳곳에 감성의 끄나풀을 건드려줄 부비트랩들이 명징하게 도사리고 있어서 시의 기둥이 튼튼하다. 등

재한 다섯 작품이 상당한 균일성을 유지하고 있으나 소재를 통해 주제에 도달하고자 하는 열의에 비해 각 수 사이의 유기적 긴밀성이 약한 점은 주제를 향한 성취도를 저하시키고 있다. 이러한 경향은 각 수의 독립성에 주력하다 보니 작품 전체의 스토리텔링이 약해지는 결과를 초래하는 것으로 보여진다. 그러나 이러한 지적은 시인이 이미 고민하고 있는 것이라고 생각하며 옥의 티쯤으로 받아주길 바란다.

습작기 글 묘목들
봄이 되니 간지럽다

투두둑
쌀튀밥 같은 꽃봉오리 달고서
자음에 모음을 받치며
옹알이를 해댄다

빨간 립스틱을 얼굴 가득 발랐었지
빼딱구두 신으면 금방 클 줄 알았었지
어머니 부지깽이가 골목길을 쫓았었지

정오의 흙바닥에
서툰 봄을 쓰고 있네

헛발질에 동동거리다
헛꽃으로 피운 봄

나를
툭,
떨구고서야
글이 되는 법을 아네

– 강영미, 「나를 떨구다」

작품을 열며 바로 "습작기 귤 묘목들"이라는 중의重義적
표현을 쓴 것이 눈에 띈다. 좋은 열매를 얻으려면 꽃을 따줘
야 하듯 "나를 툭 떨구고서야 글이 되는 법을" 안다는 두 개
의 의미를 다 담아내기 위함이었다. 귤 묘목은 "쌀튀밥 같은
꽃봉오리 달고서" 자랑을 해댔지만 무리수였고 "빨간 립스
틱"과 "빼딱구두"는 "어머니 부지깽이"가 약이었다. 두 수를
읽으며 필자도 혼자 킥킥거리며 웃고 말았으니 강 시인의 작
전은 일단 성공한 것이리라. "봄이 되니 간지럽"던 귤 묘목과

소녀는 모두 "서툰 봄을" 쓴 것이라고만 볼 일은 아니다. 누구나 '상처'를 딛고 그 위에 굳게 서는 법을 알려면 많은 시간과 시행착오가 필요한 것은 인간의 순리가 아닐까.

제주에는 특정한 단어나 작은 지명에도 깊은 상처가 스며 있다. 「송악산 쑥부쟁이」에도 일제의 그림자가 어른거려서 시 한 편을 읽는 데에도 신경이 쓰인다. 자꾸 과거의 이미지가 달려들어서 뿌리치기가 힘들다. "간신히 굳은 딱지"도 "일렁이던 불씨"도 "송악산"마저도 독자들의 심기를 건드린다. 그래서 제주의 시인들은 이 점에 긴장의 끈을 놓지 말아야 한다. 「거미의 잠」에는 둥근 그물을 치고 X자 모양의 거미줄 중앙에 거꾸로 매달려서 먹이를 기다리는 호랑거미의 이미지를 잘 차용하였다. 서두에 말했던 것처럼 강영미가 즐겨 쓰고 있는 입말의 표현법은 상큼하고 발랄하지만 언제나 밀도 있게 장점으로 통용되는 것은 아니니 시간을 두고 신중하게 검토해 볼 일이라 생각한다.

2. 행간에 숨은 자연과 중후한 생의 무게 - 고혜영

인간이 나이가 들어갈수록 자연과 친화되는 것은 당연한 순리라고 생각한다. 자연 속에서 살아야 하는 모든 생명체는 그 순환의 법칙에 적응해야만 원만하고 적당한 상생을 유지할 수 있기 때문이다. 자연의 순환은 이미 장구한 세월 동안 계절을 통하여 변함없는 주기와 항상의 철칙을 지켜오고 있다. 고종명考終命을 감지한 나이가 되어야 사람은 세상의 순리에 관심을 갖고 그제야 새로운 변화와 운명에 대한 소중함을 깨닫게 된다. 어찌 보면 동물 중에서 생의 발전 단계가 가장 더딘 종족이 인간이 아닐까 한다. 그래서 할머니가 되어야 자신의 어머니를 호명하는 뒤늦은 반복이 이어지는 곳이 바로 이 세상이 아닐까. 고혜영의 시에는 이런 인간의 성찰들이 나붓이 들앉아 있다.

설거지가 고운 님 울담 옆에 오셨네요
선입선출 보법으로 뿌린 대로 거두시는
접시꽃 깔끔한 당신이 오월 빛에 곱네요

일이삼사 펼쳤다 사삼이일로 접으시는
설거지가 저런 거야 울 엄마 인생 바느질
구순의 실타래들이 발등으로 내려요

                        - 고혜영, 「접시꽃 3」

"구순의 실타래"를 매만지는 어머니를 둔 이는 적어도 오십 살은 넘었을 것이다. "접시꽃 깔끔한 당신"으로 발현

한 어머니의 자태가 자못 궁금하다. 아마 접시꽃처럼 꽃대
가 꼿꼿하고 "일이삼사 펼쳤다 사삼이일로 접으시는" 반듯
한 모습일 것이고 삶의 운영도 "선입선출 보법으로" 정확하
셨을 것이다. 그런 어머니가 어려서는 눈에 보이질 않고 나
만 미워한다고 징징대며 구시렁거렸던 내가 미워지는 나이
가 되었다는 이야기다. "콩댐한 장판같이 바래어가는 노랑
꽃 핀" 아내의 얼굴을 보며 한 시대의 굽이를 넘었던 도종환
시인의 모습이 너무 깊게 서린 '접시꽃'을 어머니의 얼굴로
일으켜 세우는 일은 참으로 어려운 일이었으리라. 그래서
고혜영의 분투가 반갑고 "울 엄마 인생 바느질"이 애틋한
감정으로 다가온다. "돌인냥/ 몸인냥 하며/ 사람처럼"사는
「천년 나무」의 "존심"에도 "사람 속내 닮은" 「토종 수선화」
에도 "인생의 노래에도 높낮이가 있는" 「반달」의 모습에서
도 독자들은 만만치 않은 시인의 내공을 읽을 수 있을 것
이다.

3. 삶의 원천源泉을 향한 감성의 노래 - 김미애

　인간은 자아를 가지고 주체적인 삶을 꾸려나가는 아주 강
력한 특성을 지니고 있지만 그 자아가 형성되는 성인이 될
때까지는 전혀 자기의 의지가 반영되지 않는 환경에서 태

어나고 교육을 받으며 성장하게 된다. 어머니의 몸에 생명으로 잉태되는 순간부터 남녀가 결정되고 건강한 출생을 할 때까지만 해도 우여곡절을 겪는다. 태어난 가정환경에 따라 천차만별의 차별과 사회적 편견, 국가가 초래하는 각종 위험과 교육의 가치 등 인간이 감내해야 하는 요소는 상상을 초월한다. 이러한 과정을 뚫고 성인이 된 후에도 한 인격체가 수긍해야 하는 불화는 계속된다. 그것은 다름 아닌 인간관계에서 오는 마찰이다. 자식, 부모, 학생, 직장인을 거치며 상황은 계속되고 인간은 그것을 극복하며 멀고 험난한 도정을 헤쳐나가야 한다.

여기 대한민국의 남쪽 섬 제주특별자치도의 부속 도서인 추자도에서 태어난 사람이 있다. 앞에 언급한 상황이 이 작고 옹색한 작은 섬 안에서 이루어졌다고 생각하면 단순할 것 같지만 당사자에게 다가오는 삶의 무게는 전혀 그렇지 않다. 아무리 작은 지역이라 해도 사람 사는 곳에는 항상 유사한 상황이 전개되기 때문이다.

슬픔에 슬픔을 더하며 바다에 비가 온다
비릿한 추억을 싣고 귀가하는 어스름 녘
잔물결 숨죽여가며 하늘 끝을 내리고

섬 속에 가두었던 또 한 섬이 젖어간다
장손의 어깨 위에 무겁게 내리던 비
그 비가 되어야 했던 아버지의 추자바다

일곱물이 들어서야 내 바다를 찾아왔네
배꼽 다 내놓은 석지머리 올마당
못다 한 수다를 넌다 물빛 같은 짱돌들과

- 김미애, 「내 고향 추자바다」

"슬픔에 슬픔을 더하며 바다에 비가 온다" "장손의 어깨 위에 무겁게 내리는 비"를 읽고 나면 필자의 고언이 틀리지 않다는 생각이 금방 들고도 남는다. 천만 명이 운집해 사는 서울이나 겨우 1,700여 명이 살고 있는 작은 섬이나 인간의 고뇌와 갈등은 공평하게 다 존재한다. 각 수의 초장들은 묵직한 서정을 등에 업고 작품 전체의 분위기를 묵직하게 이끌고 침잠한다. 그러고 나면 중장들은 구체적인 소재와 사연을 펴며 깊이를 더하고 오히려 종장들은 차분하고 듬직한 손길로 두 장을 감싸 안고 등을 토닥여 줄 뿐이지만 그것으로 충분하다. 연륜의 무게와 작품의 진도가 서로 잘 어울려서 "못다 한 수다"와 "물빛 같은 짱돌들"이 독자에게 긴 여운을 남기며 깃발처럼 펄럭인다.

수묵의 촉감이 번지는 「어머니와 아들」에는 두 주인공을 받들고 있는 참깨단과 바다와 노을이 잘 어울려 조화를 이루고 있다. 더구나 "잔뜩 문 낮별들"이라는 뛰어난 은유가 깃들어 있고 "닭의장풀 같은 바다"에는 색감의 조화가 두드러진다. 이 그림의 마지막 정점은 "저녁노을"인데 흑의 형상과 백의 여백 위로 유일하게 노을이 붉은색을 입고 있어서 그렇다. 그렇게 붉은색을 넣고 나면 '어머니와 아들'은 그만 그 소용돌이 속으로 빨려 들어가고 말 것 같다. 「탈출기」가 전해주는 반전의 묘미는 "나바론 절벽"이 추자도에 있다는 것을 알고 나서야 감지했다. "결혼 이십 년 만에 혼자 떠난 삼박사일"이 얼마나 억울했을까. 역시 사람이 사는 일은 영원히 불가능한 일일지도 모르는 불화와의 화해일 것이다.

4. 온기로 감싸 안은 페이소스pathos의 힘 - 김미영

굳이 예술을 통하여 인간이 감지하는 감정의 종류를 구분해 본다면 기쁨이나 통쾌함보다 슬픔의 기류가 훨씬 더 가깝고 큰 공감을 느낀다고 해야 할 것이다. 그리스어인 파토스pathos가 예술 작품에 드러난 인간의 총체적인 감정을 표현하던 의미에서 차츰 고통이나 슬픔을 상징하는 영어 표현인 페이소스로 이전하는 과정을 보아도 그러하다고 할 수 있다. 하지만 문학에서의 슬픔은 단순하지 않아서 카타르시스의 정점에 이르게 되면 슬픔 속에 기쁨이 교차하거나 혼재하는 감정의 교집합이 이루어진다.

　　혼자 스텝을 밟는 날들이 많아졌다

　　비로드 원피스를 입은 여인과 손을 잡고 줄무늬 양복과 엉덩이를 튕기며 꼭 당신을 닮은 장손 팔짱을 끼고 사춘기 손녀를 불러 강강술래를 뛴다.

　　아버지 십여 평 방에 사진들만 모여서

　　　　　　　　　　　　　　　　　　－ 김미영, 「홀로그램」

　사설시조의 형식을 택한 「홀로그램」은 사건과 시간을 도치倒置하는 구성을 취하며 독자들에게 끝까지 긴장의 끈을 놓지 못하게 하는 상당한 효과를 연출하는 데 성공하고 있다. 초장에서 유발한 의구심은 확장된 긴 중장을 다 읽을 때까지도 풀리지 않는다. 부모를 여의는 일은 인생에 있어서 커다란 슬픔이지만 그것은 인간이 겪어야 하는 순리에 해

당하는 일이라 생각하면 당연한 과정이라 할 수 있다. "아버지 십여 평 방에 사진들만 모여" 있는 종장은 모든 궁금증을 단번에 해소하며 웃음과 슬픔을 동시에 유발하게 한다. 작품에서 "아버지"가 "혼자 스텝을 밟"지만 실제로는 화자의 상상력으로 그려지는 상황이다. 그래서 따져보면 화자가 돌아가신 아버지를 자주 그리워하고 호명한다는 뜻이다.

'홀로그램'이란 두 개의 레이저 광선이 서로 만나 일으키는 빛의 간섭효과를 이용해 3차원 입체영상을 기록한 결과물이라는 뜻이다. 아버지의 과거와 화자의 현재가 '십여 평 방에'서 만나고 아버지 추억의 현장 사진들이 화자의 뇌리에서 다시 만나 과거를 호출하며 '눈물과 웃음'이라는 입체영상을 재창출하는 사설시조 한 편은 훌륭한 홀로그램이 아닐 수 없다.

'삼나무'와 '삶나무', '화목火木'과 '화목和睦'의 동음이의어들이 창출하는 에피소드가 가득한 「화목, 쏘아 올리다」는 김미영의 눈썰미가 돋보이는 재미있는 발상이지만 '어쩌랴'로 시작되는 초장의 음보가 조금 흔들린 점이 아쉽다. 「선물이 짜다」에서 읽는 "썰물 녘 바위틈에/ 따개비처럼 엉겨서// 통증을 따는 어머니/ 그 선물이 짜디짜다"에는 해녀 어머니와 딸의 깊은 속정이 듬뿍 묻어나서 느낌이 깊게 전해졌다.

5. 소소한 풍경이 전해주는 꼴라쥬Collage의 뒷심 - 김미향

김미향의 작품에는 시어들이 스냅사진 한 컷처럼 무심하게 놓여있는 장면을 볼 수 있다. 각 장들이 서로 연관되지 않은 듯 놓여있지만 몇 번 읽어보면 행간 깊숙이 "소로의 길을 내어"소통하고 있는 것을 느낄 수 있다. 「가을의 빛」에서 "설움도 금빛이 되는/ 가을 노을 참, 곱다"라는 종장처럼 각 장들이 서로 다른 곳을 바라보고 있는 듯해도 시선의 종점은 '가을'에 닿아 있는 것과 같다. 아래 소개할 「'고산'을 찍다」에도 이러한 장면들을 자주 볼 수 있다.

예쁜 사람 눈에는 예쁜 것만 보이나
바람 없는 곳으로 소로의 길을 내어
사진 속 소소한 풍경 반쯤 가려 곱더라

한 발은 뒤로 빼고 한 쪽 눈 질끈 감다
보고 싶고 듣고 싶은 발림에 누른 셔터
자구내 고산 포구가 춘곤증에 빠질 때

리모델링 돌집으로 까치네 들어온다
어슬렁 차귀도가 마당을 치우는 사이

바람도 잠시 머물러 오징어를 굽더라

- 김미향, 「'고산'을 찍다」

'소로의 길'과 '춘곤증' 그리고 '오징어'는 각 수에서도 그렇고 작품 전체를 놓고 보아도 유기적 관계가 약하게 보인다. 그러나 "자구내 고산 포구" 앞바다에 늘 널려 있는 오징어 너머로 "어슬렁 차귀도가" 보이고 화자의 "사진 속 소소한 풍경"들이 정겹게 어울려 빚어내는 풍광들이 꼴라쥬 작품처럼 새롭게 어우러진다. 그러나 「배불러」에서는 긴 네 수가 시제와 동떨어진 진행을 하다가 그만 서둘러 마무리하는 바람에 마지막 수가 주제를 포괄하기에는 힘이 많이 모자랐다고 보여진다. 이러한 표현 기법을 나무랄 필요는 없겠지만 이곳에 화자의 주관이 조금 더 가미되어 생생하고 끈끈하게 작품 전체를 이끌어 갔으면 하는 아쉬움이 남는다.

6. 몽환夢幻의 나래에 실린 붉은 눈물 - 김선화

김선화의 작품들은 짙은 안개 속에 가려 있는 물상 같아서 실체를 파악하기가 쉽지 않다. 마치 파스텔을 칠한 후 손으로 뭉개서 사물과 배경의 경계가 흐려지게 한 그림처럼 몽환적 분위기를 자아낸다. 이러한 독자적인 분위기를 잘 관리하여 작품을 돋보이게 하는 것도 시인으로서는 좋은 특기라고 할 수 있다. 「폭낭의 아이들」은 어렴풋이 "팽나무"와 "아이들"이라는 시어를 통해 '팽목항'을 연상할 수 있지만 「그림자」의 경우에는 안개가 더욱 짙어져서 독자가 길을 잃을 정도이다.

그날도 비가 왔어, 울음소리 덮였지

아무도 몰랐나 봐 엄마 품 그 아이를

여기요 사람 있어요, 바람소리에 묻혔다

이름을 불러 줄게 살아서 불렸을 이름

땡그렁 풍경소리 남겨진 기억잔상

팽나무 끌어안으며 어미 되어 울었다

– 김선화, 「폭낭의 아이들」

좌초되어 침몰한 '세월호'에 갇힌 승객들을 구출하기 위해 맹골수도에서 가까운 팽목항에 구조본부가 꾸려졌었다. 그날의 끔찍한 상황은 온 국민의 뇌리에 상처로 남았을 것이다. "어미 되어 울었다"라고 한 종장에는 깊은 공감이 서려있다. 「착각은 자유」는 아마 시인 자신의 습작 경험을 칠레의 국민시인 '네루다'에 비유하여 익살스럽게 펼쳐 낸 것 같다. "만나는 모든 것들"이 시로 발현되는 소위 '시에 미친' 상황을 한 번쯤 경험해 보았다면 시인들은 "자신감"을 공감하리라 생각한다. 시가 난해하다는 것은 독자의 수준이 낮아서라기보다는 작가의 주관이 너무 자아에 휩싸였을 경우가 많다. 「그림자」의 경우를 살펴보며 독자의 입장과 시인의 객관적인 시각을 재삼 되살펴 볼 필요가 있다.

7. 뚱딴지와 개망초에 무심無心을 품다 - 김순국

김순국의 다섯 편은 모두 꽃과 관련된 작품들이다. 꽃이라기보다는 돌보지 않아도 잘 자라고 꽃도 피우는 차라리 잡초에 가까운 이름들이다. 그래서 꽃에 비견되는 사람들도 작품 속에서는 꽃과 같이 힘든 도정에 있다. 「10월의 무심 천변」에 "낮은 곳을 밝히"는 "무채색 꽃송이들"이라니, 시인은 어찌 꽃에게 '무채색'을 주었을까. 「민들레의 꿈」은

"원으로 껴안아서 며칠 밤 지낸 식구"로 거듭나고 「뚱딴지
꽃」은 "얹혀살아도 붙임성이 좋"은 살가운 가족으로 태어
난다. "반역의 카리스마 야생들판 깃발 세운" 「수크령, 가을
들판에」의 위용이 의젓하다.

　　　시한부 생이어도 활짝 웃는 내 이웃들
　　　청주시 개발지구 임시거처에 뿌리내린
　　　무심코 발 닿는 곳이 만리장성이구나

　　　식구들이 많아져도 밥걱정을 않나 봐
　　　흙더미 잡아주는 산지기 자처하며
　　　저들도 시곗바늘을 하늘에다 맞춘다

　　　기꺼이 이 꽃 저 꽃 들러리로 서 주면서
　　　더불어 살고 싶은 달빛 어린 소망 하나
　　　달 아래 집시의 합창 밤늦도록 들린다

　　　　　　　　　　　　　　　　　－ 김순국, 「개망초」

　　농사짓는 농부에게 개망초는 지겨운 잡초지만 생각 없
이 꽃을 보고 향기를 맡는 도시인들에게 개망초는 그럴듯

하게 이쁜 꽃이다. 그런데 하필이면 "개발지구 임시거처에 뿌리내린" "시한부 생"이다. 공사가 시작되면 깡그리 뒤집혀질 처지지만 "활짝 웃는 내 이웃들"이라서 다행이고 더욱 반갑다. 짧은 시한부라도 "흙더미 잡아주는 산지기 자처하며" 호기를 부리고 "더불어 살고 싶은 달빛 어린 소망 하나" 지키고 살아가는 '개망초'의 꿈은 작아도 따스하다. 보잘것 없는 개망초에 아주 딱 어울리는 "달 아래 집시의 합창"이 "만리장성" 너머로 울려 퍼진다. "무심無心한 듯하면서" 속이 꽉 찬 무위無爲의 역발상이 어엿하고 장하다.

8. 화산 벼랑과 블랙홀을 넘나드는 무단횡단의 열정
- 김연미

　김연미의 시편들은 격정에 휩싸인 청춘의 연서이다. 스스로 비극적 상황을 자초한 '안나'와 제목만 위대해서 외로운 사랑의 아이콘이 된 '개츠비'를 호명한 두 작품은 마치 두 주인공의 격한 숨결이 되살아난 듯 애틋하고 벅차다. 달콤했던 과거를 회상하며 "눈물에 앉아 당신을 기다리"는 「골목책방」은 애련하지만 너무 슬프지 않게 우아한 서정들로 가득하여 마치 연인이 "초록빛 그늘 자락 꽂혀진 정오쯤에" 책장 뒤에서 화사한 웃음을 지으며 곧 나타날 것 같

은 분위기다. "너에게로 가는 길은/ 육차선 무단횡단"이라
는 도발적 문구로 문을 여는 「연북로 상사화」는 '너'를 향
한 화자의 열정으로 작품 전체의 긴장도가 팽팽하게 유지
되면서 "잡초처럼 돋는 불안"마저도 '상사화'의 이미지를
향해 투신한다.

가파도 등대 불빛 그녀의 눈빛 같다

이중 화산 벼랑에서 바다 쪽으로 매달린

오래된 소나무 가지 실루엣만 남을 때

사계의 불빛들이 파티를 준비한 밤

송악산 둘레길로 시월처럼 오는 남자

섬의 끝 손을 내밀어 그리움을 만진다

단 하나의 사랑은 이생의 모든 목적

수만 년 된 어둠을 역광으로 드리우다

오늘쯤 불을 밝히고 나를 드러내고 싶다

– 김연미, 「외로운 개츠비*처럼」

———
*스콧 피츠제럴드의 《위대한 개츠비》에서 차용.

　소설보다는 세기의 배우 레오나르도 디카프리오가 주인
공을 맡았던 영화로 더 유명해진 「위대한 개츠비」의 장면들
이 제주를 배경으로 펼쳐진다. 진정한 사랑을 내던지고 그
저 자주 오지 않는 이재의 기회를 노렸던 여주인공 데이지
의 모습이 "가파도 등대 불빛 그녀의 눈빛 같다"라고 표현
한 것부터 불안한 종말을 암시한다. 더구나 "이중 화산 벼
랑에서 바다 쪽으로 매달린/ 오래된 소나무 가지 실루엣만
남을 때"는 불화의 정점을 찍는다. "송악산 둘레길로 시월
처럼 오는 남자"는 잘생긴 디카프리오일까. 데이지를 위하
여 수많은 "파티를 준비한 밤"이 있었지만 "단 하나의 사랑
은 이생의 모든 목적"이었지만 허사가 되어 개츠비는 목숨
을 잃고 말았다. 데이지 대신 죄를 자초하였지만 장례식에
조차 참가하지 않은 그녀에게 "오늘쯤 불을 밝히고 나를 드
러내고 싶"은 것일지도 모른다. 인륜을 배제한 미국 자본주
의가 성하면서 인간의 본성을 무너뜨리고 피폐의 극치를 달

렸다. 소설의 주인공들이 다 그 피해자들이었다. 필자가 장황하게 읽어낸 개츠비를 보며 시인은 고개를 저을 수도 있겠지만 이 또한 시의 새 운명이리니 크게 실망하지 말기를.

"술병에 담겨 있던 욕설들이 쏟아졌다/ 원색의 언어들이 바다 위에 둥둥 뜨고"라는 파격적인 선언으로 시작하는 「노을 3」도 강렬한 현실에 대한 성찰이 스며있다. "화해의 손짓도 없이 한 우주가 무너지고// 덜 마른 눈물들이 별이 되는 / 이 저녁"에는 지구를 배반한 인간들의 욕망이 거친 숨을 쉬고 있는 듯하고 마지막 수에는 절망과 자조가 숨어 있다. 한 개인이 감당할 수 없는 '지구의 종말'을 내다보며 "텅 빈 줄을 놓고 싶"은 절망 앞에서 "그만하면/ 되었다"라고 말하기란 쉽지 않은 일이다. 쉽지 않은 위안의 종장을 남긴 시인이 고마울 따름이다.

9. 해거리도 웃음꽃도 기다리는 일인 것을 - 김은희

'기다린다'는 말은 생각보다 참 많은 의미를 내포하고 있다. 단순하게 정해진 때까지 시간을 보내는 일이라 여기기 쉽지만 훨씬 깊고 큰 뜻이 담겨있다. 첫째로 기다린다는 말에는 상대방을 이해한다는 뜻이 담겨 있다. 둘째로는 믿는다는 것이다. 이해와 믿음이 없다면 무작정 상대를 기다릴

수 없는 것과 같다. 셋째는 사랑의 실천이다. 못난 자식이 언젠가는 나를 이해하고 믿어줄 것이라고 생각하는 부모의 '기다림'과 같다. 넷째로 기다림은 참는 일이다. 나에게 닥친 고난과 멸시조차도 기다림이 없다면 참아낼 수 없다. 큰 일을 도모하는 가운데 적절한 기회를 잡기 위한 기다림에는 충분한 지식과 판단력이 필요하기 때문에 인생의 도정에 있어서 '기다림'은 어렵고도 중요한 일이다.

봄이 훌쩍 지나가도 생강 싹은 소식 없다
호미질 한 뼘 간격 꼭꼭 심은 이랑 사이
한여름 다가와서야 초록 손을 보인다.

삭이고 또 삭여야 시옷 하나 내미는 걸
내일은 비가 온다 설레는 예보를 듣고
흙 묻은 영농일지에 시詩의 씨를 뿌렸다

– 김은희, 「생강 싹」

김은희는 그 '기다림'을 잘 아는 농사꾼이며 시인이다. 그렇게 되기까지 "텃새들 비웃음을 어깨너머 들으며" 보낸 시간이 "이십 년"이 걸렸으니 그간의 공력이 쉽지 않았다는

일이다. "삭이고 또 삭여"도 '시'는커녕 'ㅅ' "하나 내미는
걸" 보면서도 "詩의 씨를 뿌렸다"는 것은 시를 생의 큰 선생
님으로 모시고 전력질주를 하겠노라는 믿음이며 희망이리
라. 생강 농사를 지어본 사람은 알겠지만 덩이 크기로 번식
하는 아열대 식물인 생강은 싹이 트는 데만 한 달이 걸리기
때문에 웬만한 '기다림'이 아니고서는 종자가 썩었다고 엎
어 버리기 십상이다. 오랜 시간을 기다려 이제 'ㅅ'의 "초록
손"이 귀한 싹을 내밀었으니 김은희의 시도 곧 '푸른 숲'을
이룰 것으로 믿고 '기다려'볼 일이다.

10. 상사相思도 이별도 내 몸에 피는 사랑입니다 - 김정숙

  김정숙의 시에는 관조觀照의 깊이가 서늘하게 다가온다.
감각의 반짝임으로 시를 쓰는 것이 아니라 끊고 갈고 쪼아
내는 반복으로 얻은 절차탁마切磋琢磨의 내공이 녹아 있다.
「꽃무릇」에서 "당신이 반려한/ 고백 때문입니다"라고 치고
나간 초장도 번듯하지만 종장의 "무릇, 또/ 수취인불명"이
라며 '담담하게 생각해 보니'라는 뜻을 지닌 동음이의어 부
사인 '무릇'을 그 자리에 놓은 것은 빛나는 계획이었다. 꽃
과 잎이 만날 수 없어서 상사화相思花라는 별칭을 가진 꽃이
니 '수취인불명'이라는 시어는 그 자리에서 빛나는 주연이

었다. 이러한 작업은 단번에 성공할 수가 없으며 그야말로 갈고 닦지 않으면 어려운 일이다. 「그이가 흔들렸다」에서도 '그 이'를 시 제목에 '그이'라고 붙여 쓰면서 탈이 난 치아와 "멀어지는 징조"를 유추하게 하는 '사람'을 암시하도록 복선을 깔아 두었다는 것도 고난도의 작업이라고 할 수 있다.

> 귀 열리려는가
> 서늘하게 닳은 소리
>
> 밤에 머리를 대고 바닥을 더듬을 때면
>
> 숱하게 흘려들은 말
> 한꺼번에 몰려와,
>
> ― 김정숙, 「이명」

단수의 정석에 가까운 전개와 압축을 구사한 작품이다. "서늘하게 닳은 소리"는 "숱하게 흘려들은 말"로 "한꺼번에 몰려와" "이명"으로 종결된다. 전개도 좋지만 '이명'이 암시하고 성찰하는 숙성의 깊이가 독자들 감정의 한복판을 관통한다. 누구나 삶의 구비를 지나며 "흘려들은 말"이 얼마나 많은지 스스로 다 알고 있다. 그것으로 인하여 상대의 가슴에 못을 박고 얼마나 많은 트라우마를 남겼을까 돌아보면 등골이 서늘할 것이다. '이명'은 단순하게 질병의 일종이라 여길 수도 있지만 김정숙의 시에서는 성찰의 회초리이며 반면교사가 되었다. 그래서 시인은 자주 "그 눈 먼/ 콩깍지 쓰고/ 안아주는" 모양이다.

11. 일상의 두레박으로 퍼 올린 하늘 아래 시름 노래
- 김조희

걱정거리에 집착하면 세상에 걱정 아닌 것은 없을지도 모른다. 요즘은 온통 코로나 걱정에 나머지 시름들은 줄어든 것처럼 보인다. 모임도 줄어드니 늘 열등감에 사로잡혔던 비교우위도 한시름 놓게 되었다. 어찌 보면 문학을 시름의 열매라 해도 과언이 아니다. 세상의 모든 이치와 순환 관계를 성찰하고 인간의 입지와 시름을 담아내는 시는 더욱 그렇다. 김조희의 시에는 일상의 시름들이 오종종 모여있다. 제주 제2공항이 건설되면 사라질 위기에 놓인 "수산리 수산진성"도 고민거리이고 "갱년기 뱃살"을 극복하기 위한 "방울토마토 도시락"까지 신경을 거스르게 한다. 그러나 시를 쓰기 위한 안달과 걱정은 많이 할수록 좋다. 자신의 렌즈에

온갖 사물을 투사하고 자신의 잣대와 상상력을 부풀려 꿈꾸고 재생하는 것이 시의 근원이기 때문이다.

열세 살 고사리 손 빌어서야 쌓았다지
진안 할망 손 잡아 당올레로 이끌면
오래된 소원 하나가 별이 되어 내릴까

활주로 북쪽 끝에 아슬하게 놓이면
오백 년 된 멀구슬이 빈 가지를 거둔다
귓가에 비행기 소리 잠 못 드는 수산진성

— 김조희, 「수산진성」

푸른 이끼가 묻어나는 구멍이 숭숭 뚫린 검은 제주돌로 쌓은 수산리 진성이 학교 외곽을 휘둘러 감싸고 있는 초등학교는 깊고 오래된 역사와 이야기를 품고 있다. "열세 살 고사리 손 빌어서야 쌓았다지"라는 애잔한 말투로 문을 여는 작품인지라 더욱 마음에 걸리고 위기에 놓인 학교와 진성이 걱정이다. 아직 비행장 건설이 확정되지 않았어도 시인의 걱정은 사라지지 않는다. "귓가에 비행기 소리"가 환청으로 들리고 "진안 할망"의 도움으로 "소원 하나가 별이"

되도록 희망을 꿈꾸기까지 속이 타는 것이다. "귤꽃도 글을 읽는" 학교였고 수산리 사람들에게는 전설과도 같은 친근감이 짙게 배어나는 곳이어서 현실로 다가오는 공항 건설의 위기가 마음에 사무치는 것은 당연한 일이리라. 그러나 모든 절망 속에서도 또 다른 시제처럼 "내일은 내일대로"라고 하였으니 "오늘만 입에 호강" 거두지 마시라. 사람이 사는 일에 목숨을 걸 일이 과연 몇 가지나 될 것인가? 일상에서 소중하게 구해 온 소재들도 중요하지만 시인의 더 큰 책무는 소재에 기를 불어 넣고 주제에 몰입하기 위한 튼튼한 시의 기둥을 세우는 일이니 조금 더 생각의 줄기를 다듬는 일에 집중해야 할 일이다.

12. 에워가는 둘레길에도 아픔은 꽃으로 피고 - 신해정

엄마처럼 살지 않겠다고 맹세한 딸이 어느새 결혼하여 딸을 낳아 기르며 자신이 엄마를 닮아가는 것을 보며 놀란다는 이야기는 흔한 연속극의 스토리지만 이 단순한 이야기에는 수많은 삶의 고뇌와 굴곡이 서려 있다. 여기에는 두 세대가 지나가며 약 60년의 시간이 혼재하게 되는데 그 시간에는 인간이 추구하는 가치관과 삶의 방식이 빠르게 바뀌면서 세대 간의 마찰과 불화가 발생하는 것이다. 신해정의 작품에도 딸과 어머니 사이에 '자신'과 남편이 살고 있다. 대체로 어리던 딸이 철이 들고 엄마를 이해할 때쯤 되면 어머니는 글자도 말도 흔들려서 "계으니"가 되어 있다.

우리 남편 재활훈련 돌밭의 히카마 농사
장마와 가뭄 사이 좌절과 희망 사이
흰나비 예언을 하듯 굴곡점 찍으며 가고

휘파람새 소리에는 바람이 절반이다
꾹꾹 누른 발바닥도 바람 길이 가득한지
노을 녘 역광에 비친 뒷모습이 날린다

울퉁불퉁 살다 보니 제맛을 얻었네요
얼기설기 어지러운 머릿속 걷어내면
어느새 단단히 여문 히카마가 있었다

— 신해정, 「히카마」

수입이 좋다는 멕시코 감자를 "돌밭"에 심고 "장마와 가뭄 사이 좌절과 희망 사이"를 오르내리며 "얼기설기 어지러운" 계산을 끝내고 나니 그래도 "울퉁불퉁 살다 보니 제맛을 얻었네요" 웃음이 번진다. "단단히 여문 히카마"에 남편의 "노을 녘 역광에 비친 뒷모습이" 고스란히 스며 있는 듯하다. 농사는 몸과 하늘의 도움으로 하는 것이라 고되고 지치기 일쑤다. 그래도 "꽃부터 피고 보자는 그 봄날 나랑 똑 닮아서" 벚꽃 피듯 한창인 "우리 아들 심보"를 보며 힘을 얻을 일이다. 신해정의 시에도 진한 주변의 이야기가 가득하다. 그 이야기에 살을 붙이고 "수평선 넘어서도 아직까지 붉은 아픔" 같은 주제의 뿌리를 튼실히 키워내길 기대한다. 「송악산 둘레길」에서 멋지게 보여준 소재와 주제의 유기적 상보相補를 잘 기억하고 갔으면 좋겠다.

13. 배고픈 바람 소리에 붉은 노을은 아직 따듯했네
- 최은숙

최은숙의 시조는 감각적이다. 이야기 사이에도 여운이 흐르고 시간도 나름대로 흔적을 남기며 흐르고 있다. 이런 느낌은 어디에서 오는 것인지 잘 추슬러 보면 자연이나 일상에서 오는 느낌을 시로 옮길 때 나름대로 소재에 조미료도 넣고 향신료를 뿌려서 새롭게 코팅을 하였다고 보면 적당할 것이다. 이런 작업은 지루한 느낌이 들 수 있는 스토리텔링에 상큼하고 달콤한 소스를 입혀서 텁텁한 맛에 기운을 불어넣는 상상력의 힘이 필요하다. 그런데 그 과정에서는 세심한 주의를 기울여야 한다. 「태풍 부는 날」의 종장에서는 공광규 시인의 '소주병'이 떠오르고 「구월의 소리」에 등장하는 '귀뚜라미'는 김소월에서 나희덕에 이르기까지 수없이 많은 시인들의 '귀뚜라미 소리'와 싸워 이겨야 한다. 그럴 때 스마트폰을 열어 '소주병, 귀뚜라미, 상사화' 이런 단어들을 한번 찾아보면 좋을 것이라 생각한다. 그래서 문단에 널린 적들과 싸워 이겼을 때 '최은숙표'시는 더욱 공고해지고 돌올한 모습으로 굳게 설 수 있을 것이다.

오래된 옥상에 올라 노을 앞에 서 있다
분홍색, 빨간색 층층을 이루는 하늘
최상의 빛깔 사이로 그 얼굴이 보인다

먼 듯 가까운 듯 그때 그 주파수로
십 년이 지나서도 손바닥에 남은 체온
노을 진 하늘 아래서 내 얼굴이 붉었다

– 최은숙, 「노을 앞에서」

"오래된 옥상"과 "십 년이 지나서도 손바닥에 남은 체온"

이 저절로 짝을 이루며 "최상의 빛깔"과 "그때 그 주파수"
는 아름다운 추억을 지켜주고 있다. 시제 "노을 앞에서"는
젊잖게 팔장을 끼고만 있어도 "그 얼굴"과 붉어진 "내 얼굴"
을 얼싸안고 느긋하게 미소를 흘리고 있다. 시인은 특별한
이야기를 하지 않고 있어도 독자들은 구석구석에 놓인 시
어들을 읽으며 두 연인의 달콤하고 뜨거웠던 시절을 포근
하게 느낄 수 있었을 것이니 시인의 노력으로 시는 자연스
러웠고 의젓했다.

14. 껍질을 벗고 나면 세월도 약이 되지 - 허경심

　작품을 읽고 나면 대체로 시인의 연치를 짐작할 수 있다.
"둘째 녀석이" 젖니를 가는 나이라면 아직 삼십 대 후반이
겠지만 그 둘째가 '손자'일 수도 있으니 그렇다면 갑자기 칠
십 대로 판을 바꿔야 한다. 시인도 사람인지라 시에서 나이
를 감추기란 대단히 어렵다. 삶의 감각은 나이와 밀접해서
그 연치만큼 보고 판단하며 여유를 가지게 된다. 그러나 시
인이라면 이 기준을 깨려는 부단한 노력이 필요하다. 젊은
시인이라고 재치에 의존하고 나이 든 시인이라고 늘 궁시
렁대기만 한다면 누가 그 시를 좋아할 것인가. 허경심의 작
품은 경쾌하고 깔끔하지만 아직 눙치는 모습을 찾아보기는

힘들다. '눙치다'는 문제 삼지 않는다는 뜻 외에 어떤 사물이나 사실을 부드럽고 의젓하게 돌려 말한다는 의미도 있다. 등단의 경륜이 쌓이고 부단한 습작과 독서를 통하여 다가갈 일이니 크게 걱정할 일은 아니다.

> 이 길을 지나가면 바다 볼 수 있을까
> 서귀포 넘어가는 한라산 횡단도로
> 숲길이 깊어질수록 안개 더욱 짙어져
>
> 스무 살 나의 길도 안개처럼 자욱했다
> 삼월 초 고지대에 잔설처럼 남아서
> 오르막 눈앞에 두고 주저앉고 싶었지
>
> 알았다, 터널이란 오래가지 않는다고
> 백미러에 담긴 기억 반대편으로 흘러가고
> 익숙한 이정표 하나 나를 보고 웃는다
>
>   - 허경심, 「숲터널을 지나며」

돌아보면 '스무 살'은 얼마나 살 떨리는 나이였던가. 하지만 그 시절을 무사하게 지나온 것이 천만다행이라는 생각이 드는데 "안개처럼 자욱했다"고 고백할 만큼 스무 살은 위험하고 무지한 나이였다. 바다를 보기 위해 "횡단도로"를 달리면서도 "익숙한 이정표"는 하나도 없고 "안개 더욱 짙어져"서 "바다 볼 수 있을까"라는 의구심이 자꾸 부풀어 오르고 결국 "오르막 눈앞에 두고 주저앉고 싶었"던 기억을 소환하면 지금도 등에 식은땀이 돋을 일이었다. 그래도 그 시절이 그리운 것은 자신을 지배하던 생각의 중심에 누구의 지시나 명령도 거부하며 보무당당步武堂堂하게 길을 헤쳐나갔던 외뿔의 용기를 사랑한 추억 때문이었을 것이다. 길고 긴 "숲터널"을 무사히 지나 "익숙한 이정표"를 찾았으니 이제 느긋하게 "백미러"도 보아가며 편안하고 힘차게 차를 몰아 보길 고대한다. 그 길 끝에 허경심의 시조가 "제 껍질"을 벗고 "둥글게 등 굴리고 물속을 드나들" 튼실한 "소라게"로 만나게 되기를.

15. 겨울은 봄을 낳고 상처는 웃음을 낳네 - 현희정

현희정의 시에는 긍정의 부드러움이 카펫처럼 깔려 있다. 그 위로 이리저리 몸을 굴리면 곰살맞게 받아줄 것 같은 느낌이 든다. 그래서 어설픈 "알 까기"에도 웃음은 묻어나고 "두세 차례 태풍에도 웃음 잃지 않는 우리"와 "가장 낮은 키에 가장 활짝 웃던 친구"까지 모두 카펫 위를 뒹굴고 있다. 한편으로는 "따가운 격려의 언어가 되레 내겐 정겨워"하는 초보 시인의 고백이 즐겁게 들리고 "추워도 환하게 웃는" 후배 신혼부부의 모습도 정겹다.

> 비대면 강요 앞에 차라리 너를 본다
> 마스크 착용 않고 마주할 수 있는 그대
> 구월의 애월 바닷가 쑥부쟁이 만난 날
>
> 때 되면 여기저기 약속 없이 만나는 우리
> 두세 차례 태풍에도 웃음 잃지 않는 우리
> 자연산 웃음꽃들을 평년처럼 나눈다
>
> ― 현희정, 「애월 바다 쑥부쟁이」

"비대면 강요"가 이어지며 신경 치료제가 많이 나갔다는 기사를 보고 깜짝 놀랐다. 코로나 상황이 2년째 지속되면서 사람을 기피해야 하는 사람들이 자연을 찾아오고, 자연과의 소통은 환경을 이해하며 인간의 자만과 횡포를 성찰하는 힘이 되고 있다. "애월 바닷가 쑥부쟁이"도 이제 소중한 사람의 친구이다. "약속 없이 만나"서 "자연산 웃음꽃들을"나누고 지구별의 건강과 온난화를 걱정한다. 겨울이 깊을수록 봄은 찬란하고 상처가 사람을 자라게 한다는 시인들의 속삭임을 소중하게 기억해야겠다. 환난의 시절을 이겨내고 더 환하게 피어날 웃음이 가득한 날을 기도하는 현희정의 시어들이 서늘하게 들린다.

2010 ——————— **2015** ——————— **2016** ———————

1월 창립 　　　　　　　《그 꽃 다시 와서》 발간 　　　《뿌리의 주소》 발간

——————— **2017** ——————— **2018** ——————— **2019** ———————

《살며, 시》 발간 　　　　《빨간 이름표》 발간 　　　　《소리를 훔치다》 발간

——————— **2020** ——————— **2021** ———————

《이슬이 앉아있다》 발간 　《팽나무 손가락》 발간

젊은시조문학회 일곱 번째 작품집

팽나무 손가락

2021년 7월 31일 초판 1쇄 발행

엮은곳 　 젊은시조문학회
　　　　　제주특별자치도 제주시 독짓골2길 15, 202호

발행처 　 한그루
　　　　　출판등록 제6510000251002008000003호
　　　　　제주특별자치도 제주시 복지로1길 21
　　　　　전화 064-723-7580　전송 064-753-7580
　　　　　전자우편 onetreebook@daum.net　누리방 onetreebook.com
디자인 　 이지은, 부건영, 나무늘보

ISBN 979-11-91482-66-0 (03810)

ⓒ 젊은시조문학회, 2021

이 책은 제주특별자치도, 제주문화예술재단의 2021년도 문화예술지원사업 후원을 받아
발간되었습니다.

값 10,000원